W0264608

ars vivendi Bibliothek
Band 21

RAINER MARIA RILKE

Les Quatrains Valaisans

Die Walliser Gedichte

Zweisprachige Ausgabe

Ins Deutsche übertragen von
Yvonne Goetzfried

Mit einem Nachwort von
Ulrich Fülleborn

ars vivendi verlag
Cadolzburg

Die Originalausgabe von *Les Quatrains Valaisans*
erschien 1926 zusammen mit den *Vergers*
im Verlag der *Nouvelle Revue Française.*

1. Auflage
© 2002 by ars vivendi verlag GmbH & Co. KG,
Cadolzburg
www.arsvivendi.com
Gestaltung: Armin Stingl
Umschlagillustration: Anton Atzenhofer
Gesetzt aus der ITC New Baskerville
Druck: Wiener Verlag, Himberg, Österreich
ISBN 3-89716-318-7

INHALT

Les Quatrains Valaisans

Die Walliser Gedichte

À Madame Jeanne de Sépibus-de Preux

I

PETITE CASCADE

Nymphe, se revêtant toujours
de ce qui la dénude,
que ton corps s'exalte pour
l'onde ronde et rude.

Sans repos tu changes d'habit,
même de chevelure;
derrière tant de fuite, ta vie
reste présence pure.

I

KLEINER WASSERFALL

NYMPHE, immer wieder schnell
in das, was sie entblößt, gehüllte –,
wie dein Leib sich für die Welle
steigert, für die runde, wilde.

Rastlos wechselst du das Kleid,
glattes in gelocktes Haar;
hinter allem Fliehen bleibt
dein Leben reine Gegenwart.

II

Pays, arrêté à mi-chemin
entre la terre et les cieux,
aux voix d'eau et d'airain,
doux et dur, jeune et vieux,

comme une offrande levée
vers d'accueillantes mains:
beau pays achevé,
chaud comme le pain!

II

LAND, auf halbem Weg angehalten
zwischen der Erde und den Himmeln,
von Wasser und Erz seine Stimmen,
weich und hart, jung und alt,

gleich einer Opfergabe emporgehoben
hin zu empfangenden Händen:
Land, schön und vollendet,
warm wie das Brot!

III

Rose de lumière, un mur qui s'effrite –,
mais, sur la pente de la colline,
cette fleur qui, haute, hésite
dans son geste de Proserpine.

Beaucoup d'ombre entre sans doute
dans la sève de cette vigne;
et ce trop de clarté qui trépigne
au-dessus d'elle, trompe la route.

III

Rose aus Licht, eine Mauer, die bricht –,
doch am Abhang des Hügels, da
zögert die Blume, die hohe,
in der Geste Proserpinas.

Reichlich Schatten dringt vielleicht
in den Saft dieses Weinbergs ein;
und das Zuviel an Helligkeit, tanzend
über ihm, täuscht auch die Straße.

IV

Contrée ancienne, aux tours qui insistent
tant que les carillons se souviennent –,
aux regards qui, sans être tristes,
tristement montrent leurs ombres anciennes.

Vignes où tant de forces s'épuisent
lorsqu'un soleil terrible les dore …
Et, au loin, ces espaces qui luisent
comme des avenirs qu'on ignore.

IV

ALTE Landschaft mit Türmen, die beharren,
solange das Glockenspiel sich erinnert –,
mit Mauerluken, die nicht traurig sind,
nur zeigen sie traurig die alten Schatten.

Weinberg, der all seine Kräfte erschöpft,
wenn eine schreckliche Sonne ihn golden brennt …
Und in der Ferne glänzende Räume,
Weiten der Zukunft, die man nicht kennt.

V

Douce courbe le long du lierre,
chemin distrait qu'arrêtent des chèvres;
belle lumière qu'un orfèvre
voudrait entourer d'une pierre.

Peuplier, à sa place juste,
qui oppose sa verticale
à la lente verdure robuste
qui s'étire et qui s'étale.

V

SANFTE Biegung den Efeu entlang,
zerstreut ist der Weg, von Ziegen angehalten;
schönes Licht, mit einem Stein
würde es ein Goldschmied umranden.

Pappel an ihrem rechten Platz
als Vertikale zu langsamem
kräftigen Grün, das sich weit
ausdehnt und rankt.

VI

Pays silencieux dont les prophètes se taisent,
pays qui prépare son vin;
où les collines sentent encor la Genèse
et ne craignent pas la fin!

Pays, trop fier pour désirer ce qui transforme,
qui, obéissant à l'été,
semble, autant que le noyer et que l'orme,
heureux de se répéter –;

Pays dont les eaux sont presque les seules nouvelles,
toutes ces eaux qui se donnent,
mettant partout la clarté de leurs voyelles
entre tes dures consonnes!

VI

Stilles Land, in dem die Propheten schweigen,
Land, das den eigenen Wein bereitet;
wo Hügel noch an die Schöpfung erinnern
und das Ende nicht fürchten!

Zu stolz ist das Land, um sich nach Verwandlung
zu sehnen,
dem Sommer ergeben,
scheint es wie Nußbaum und Ulme zu leben,
glücklich sich selbst wiederholend – ;

Land, dessen Wasser beinah die einzigen
Nachrichten sind,
diese Wasser, die sich ergießen,
überallhin mit der Klarheit gelöster Vokale fließen
zwischen den harten Konsonanten!

VII

Vois-tu, là-haut, ces alpages des anges
entre les sombres sapins?
Presque célestes, à la lumière étrange,
ils semblent plus que loin.

Mais dans la claire vallée et jusques aux crêtes,
quel trésor aérien!
Tout ce qui flotte dans l'air et qui s'y reflète
entrera dans ton vin.

VII

Siehst du hoch oben diese Alpen der Engel
zwischen düsteren Tannen? Dort
erscheinen sie beinahe himmlisch, in einem fremden
Licht, und mehr als weit fort.

Doch unten im klaren Tal bis hinauf zu den Gipfeln,
welch luftige Schätze!
All das Schwebende, das in der Luft sich Spiegelnde,
in deinen Wein wird es dringen.

VIII

Ô Bonheur de l'été: le carillon tinte
puisque dimanche est en vue;
et la chaleur qui travaille sent l'absinthe
autour de la vigne crépue.

Même à la forte torpeur les ondes alertes
courent le long du chemin.
Dans cette franche contrée, aux forces ouvertes,
comme le dimanche est certain!

VIII

O Seligkeit des Sommers: das Glockenspiel erklingt,
denn der Sonntag ist in Sicht;
die arbeitende Hitze spürt schon den Absinth,
der den krausen Wein umgibt.

Selbst in diesem schweren Betäubtsein laufen
erregte Wellen den Weg entlang.
In einer freien Landschaft mit offenen Kräften
fängt sicher der Feiertag an!

IX

C'EST presque l'invisible qui luit
au-dessus de la pente ailée;
il reste un peu d'une claire nuit
à ce jour en argent mêlée.

Vois, la lumière ne pèse point
sur ces obéissants contours,
et, là-bas, ces hameaux, d'être loin,
quelqu'un les console toujours.

IX

BEINAHE schimmert das Unsichtbare
über geflügelten Hängen;
es bleibt ein wenig vom nächtlich Klaren
an diesem Tag, dem in Silber gemengten.

Sieh, das Licht beschwert
gehorsame Umrisse nie,
und diese fernen Weiler, die
immer getröstet werden.

X

Ô CES autels où l'on mettait des fruits
avec un beau rameau de térébinthe
ou de ce pâle olivier –, et puis
la fleur qui meurt, écrasée par l'étreinte.

Entrant dans cette vigne, trouverait-on
l'autel naïf, caché par la verdure?
La Vierge même bénirait la mûre
offrande, égrainant son carillon.

X

O IHR Altäre, auf die man Früchte gelegt
mit einem schönen Zweig der Terebinthe
oder des blassen Olivenbaumes –, zuletzt,
umarmt und erdrückt, die sterbende Blüte.

Würde man, in jenen Rebengarten eingetreten,
den natürlichen Altar, versteckt im Grünen, finden?
Die Jungfrau selbst soll dort das reife Opfer segnen,
während ihre Glöckchen klingen.

XI

PORTONS quand même à ce sanctuaire
tout ce qui nous nourrit: le pain, le sel,
ce beau raisin … Et confondons la mère
avec l'immense règne maternel.

Cette chapelle, à travers les âges,
relie d'anciens dieux aux dieux futurs,
et l'ancien noyer, cet arbre-mage,
offre son ombre comme un temple pur.

XI

Tragen wir dennoch zu diesem Heiligtum
alles, was uns ernährt: das Brot und das Salz,
die schöne Traube … Vereinigung
der Mutter mit dem großen mütterlichen Reich.

Diese Kapelle verbindet durch die Jahrhunderte
vergangene Götter mit Göttern der Zukunft,
und der alte Nußbaum als magisches Zeichen
bietet seinen Schatten, dem reinen Tempel gleich.

XII

Le clocher chante:

Mieux qu'une tour profane,
je me chauffe pour mûrir mon carillon.
Qu'il soit doux, qu'il soit bon
aux Valaisannes.

Chaque dimanche, ton par ton,
je leur jette ma manne;
qu'il soit bon, mon carillon,
aux Valaisannes.

Qu'il soit doux, qu'il soit bon;
samedi soir dans les channes
tombe en gouttes mon carillon
aux Valaisans des Valaisannes.

XII

Der Glockenturm singt:

Besser als jeder weltliche Turm
erwärme und reif ich mein Glocken-Geläute.
Daß es schalle süß und gut
und die Walliserinnen erfreue.

An jedem Sonntag, Klang für Klang,
streue ich ihnen das Manna hin,
damit es gut sei, mein Glockenspiel,
für die Walliserin.

Daß es süß und hell erklinge;
am Samstagabend fallen in Kannen aus Zinn
wie Tropfen die Töne des Glockenspiels
für die Männer aller Walliserinnen.

XIII

L'ANNÉE tourne autour du pivot
de la constance paysanne;
la Vierge et Sainte Anne
disent chacune leur mot.

D'autres paroles s'ajoutent
plus anciennes encor, –
elles bénissent toutes,
et de la terre sort

cette verdure soumise
qui, par un long effort,
donne la grappe prise
entre nous et les morts.

XIII

Um eine Achse dreht sich das Jahr:
die bäuerliche Beharrlichkeit;
Jungfrau Marie und die heilige Anna
halten jede ihr Wort bereit.

Andere Sprüche kommen dazu,
noch viel ältere, –
sie segnen alles, und
es entspringt der Erde

bald fügsames Grün,
woraus nach langer Müh
Trauben reifen, die
wir mit den Toten teilen.

XIV

Un rose mauve dans les hautes herbes,
un gris soumis, la vigne alignée …
Mais au-dessus des pentes, la superbe
d'un ciel qui reçoit, d'un ciel princier.

Ardent pays qui noblement s'étage
vers ce grand ciel qui noblement comprend
qu'un dur passé à tout jamais s'engage
à être vigoureux et vigilant.

XIV

Ein Rosa von Malven, darunter ein Grau,
in hohen Gräsern, Weinstöcke aufgereiht …
Und über den Hängen die Herrlichkeit
eines empfangenden, fürstlichen Himmels.

Glühendes Land, über vornehme Stufen steigt es
hinauf zum großen, vornehm verstehenden Himmel:
die harte Vergangenheit fordert, für immer
kraftvoll und wachsam zu sein.

XV

Tout ici chante la vie de naguère,
non pas dans un sens qui détruit le demain;
on devine, vaillants, dans leur force première
le ciel et le vent, et la main et le pain.

Ce n'est point un hier qui partout se propage
arrêtant à jamais ces anciens contours:
c'est la terre contente de son image
et qui consent à son premier jour.

XV

Hier wird das Leben gesungen, das kürzlich bestand,
doch nicht in dem Sinne, ein Morgen zu kränken;
wir ahnen in ihren ursprünglichen Kräften
den mutigen Himmel, den Wind, das Brot und die
Hand.

Nicht das Gestern ist es, was sich weithin zeigt,
da es für immer seine alte Form behält:
die Erde ist es, die mit ihrem Bild zufrieden scheint
und die sich wie am ersten Tag gefällt.

XVI

QUEL calme nocturne, quel calme
nous pénètre du ciel.
On dirait qu'il refait dans la palme
de vos mains le dessin essentiel.

La petite cascade chante
pour cacher sa nymphe émue ...
On sent la présence absente
que l'espace a bue.

XVI

WELCH nächtliche Stille, welche Stille,
die uns vom Himmel durchdringt.
Wie sie die Linien des Palmblattes nachzieht
in euren Händen, wie ihr die Zeichnung gelingt.

Der kleine Wasserfall singt, um seine bewegte
Nymphe gut zu verbergen …
Man spürt die abwesende Gegenwart,
die der Raum getrunken hat.

XVII

AVANT que vous comptiez dix
tout change: le vent ôte
cette clarté des hautes
tiges de maïs,

pour la jeter ailleurs;
elle vole, elle glisse
le long d'un précipice
vers une clarté-sœur

qui déjà, à son tour,
prise par ce jeu rude,
se déplace pour
d'autres altitudes.

Et comme caressée
la vaste surface reste
éblouie sous ces gestes
qui l'avaient peut-être formée.

XVII

Bevor ihr bis zehn gezählt, hat sich bereits
alles verändert: der Wind
raubt diese Klarheit
der hohen Stengel des Mais,

um sie anderswo abzuwerfen;
sie segelt, sie gleitet
den Abgrund entlang
zu einer Schwester der Klarheit,

die schon für ihren Teil,
vom rauhen Spiel erfaßt,
sich versetzte, weil
sie zu anderen Höhen paßt.

Und die ausgedehnte Fläche ruht
wie gestreichelt
und verführt, vielleicht
von derselben Geste, die sie schuf.

XVIII

CHEMIN qui tourne et joue
le long de la vigne penchée,
tel qu'un ruban que l'on noue
autour d'un chapeau d'été.

Vigne: chapeau sur la tête
qui invente le vin.
Vin: ardente comète
promise pour l'an prochain.

XVIII

Weg, der sich spielerisch dreht
am Hang des Weinbergs entlang,
wie ein geschlungenes Band
um einen Hut des Sommers gelegt.

Weinberg: Hut auf dem Kopfe,
der den Wein erfinden mag.
Wein: glühnder Komet,
fürs kommende Jahr vorhergesagt.

XIX

Tant de noir sérieux
rend plus âgée la montagne;
c'est bien ce pays très vieux
qui compte Saint Charlemagne

parmi ses saints paternels.
Mais par en haut lui viennent,
à la secrète sienne,
toutes les jeunesses du ciel.

XIX

Solch eine vornehme Schwärze
macht das Gebirge viel älter;
es ist gut, dieses uralte Land,
das zählt Saint Charlemagne

zu seinen heiligen Vätern.
Aber von oben kommt ihm und der
heimlichen eignen die ganze
Jugend des Himmels entgegen.

XX

La petite clématite se jette
en dehors de la haie embrouillée
avec ce liseron blanc qui guette
le moment de se refermer.

Cela forme le long du chemin
des bouquets où des baies rougissent.
Déjà? Est-ce que l'été est plein?
Il prend l'automne pour complice.

XX

DIE KLEINE Klematis wirft sich hinaus
übers Spalier, durcheinander geraten
mit ihrer weißen Winde, die darauf lauert,
daß sie sich wieder verschließen kann.

Andere Ranken formen den Weg entlang
Sträuße mit geröteten Beeren.
Schon? Hat sich der Sommer erfüllt?
Dann nimmt er den Herbst zum Gefährten.

XXI

Après une journée de vent,
dans une paix infinie,
le soir se réconcilie
comme un docile amant.

Tout devient calme, clarté …
Mais à l'horizon s'étage,
éclairé et doré,
un beau bas-relief de nuages.

XXI

NACH einem windigen Tag,
in unendlichem Frieden,
versöhnt sich der Abend, folgsam
wie mancher Geliebte.

Alles wird Ruhe und Klarheit …
Aber am Horizont
bildet sich golden durchsonnt
ein schönes Relief aus Wolken.

XXII

COMME tel qui parle de sa mère
lui ressemble en parlant,
ce pays ardent se désaltère
en se souvenant infiniment.

Tant que les épaules des collines
rentrent sous le geste commençant
de ce pur espace qui les rend
à l'étonnement des origines.

XXII

Wie einer, der von der Mutter spricht,
ihr ähnlicher wird, wenn er redet,
hat dieses glühende Land seinen Durst gestillt
mit dem unendlichen Wiedererinnern.

Es wenden die Schultern der Hügel
sich heimwärts unter einer beginnenden
Geste des reinen Raumes, der sie
zum Staunen des Ursprungs zurückbringt.

XXIII

Ici la terre est entourée
de ce qui convient à son rôle
d'astre; tendrement humiliée,
elle porte son auréole.

Lorsqu'un regard s'élance: quel vol
par ces distances pures;
il faut la voix du rossignol
pour en prendre mesure.

XXIII

HIER ist die Erde von dem umkränzt,
was übereinstimmt mit ihrem Dasein
als Stern; sanft gedemütigt trägt
sie ihren Heiligenschein.

Und wenn der Blick sich hinaufschwingt:
welcher Flug in die reinen Weiten;
nur der Nachtigall Stimme
wäre als Maßstab geeignet.

XXIV

Voici encor de l'heure qui s'argente,
mêlé au doux soir, le pur métal
et qui ajoute à la beauté lente
les lents retours d'un calme musical.

L'ancienne terre se reprend et change:
un astre pur survit à nos travaux.
Les bruits épars, quittant le jour, se rangent
et rentrent tous dans la voix des eaux.

XXIV

WENN die Stunde, die silbern wird, beginnt,
gemischt in den sanften Abend, das reine Metall,
fügt sie an die langsame Schönheit langsame
Wiederkehr einer Stille, die klingt.

Wenn sich die alte Erde erholt und verwandelt:
ein reiner Stern überlebt unser Werk.
Verstreute Geräusche verlassen den Tag, und es kehrt
alles heim in die Stimme der Wasser.

XXV

Le long du chemin poussiéreux
le vert se rapproche du gris;
mais ce gris, quoique soumis,
contient de l'argent et du bleu.

Plus haut, sur un autre plan,
un saule montre le clair
revers de ses feuilles au vent
devant un noir presque vert.

À côté, un vert tout abstrait,
un pâle vert de vision,
entoure d'un fond d'abandon
la tour que le siècle défait.

XXV

Längs eines staubigen Weges
nähert das Grün sich dem Grau;
aber das Grau, das fügsame,
enthält doch Silber und Blau.

Viel höher, auf einer anderen
Ebene, zeigt eine Weide
dem Wind die gewendete hellere Seite
der Blätter vor beinahe grünem Schwarz.

Daneben jenes Grün, das blasse
abstrakte Grün der Vision umgibt
mit einem Hintergrund des Verlassens
den vom Jahrhundert beschädigten Turm.

XXVI

FIER abandon de ces tours
qui pourtant se souviennent
– depuis quand jusqu'à toujours –
de leur vie aérienne.

Cet innombrable rapport
avec la clarté pénétrante
rend leur matière plus lente
et leur déclin plus fort.

XXVI

STOLZE Verlassenheit dieser Türme,
die sich dennoch erinnern
– seit wann und für immer –
an ihr Leben in Stürmen.

Solch ein zahlloses Zeugnis
gibt mit durchdringender Deutlichkeit
der Materie ein langsames Sein
und macht ihren Niedergang schwerer.

XXVII

Les tours, les chaumières, les murs,
même ce sol qu'on désigne
au bonheur de la vigne,
ont le caractère dur.

Mais la lumière qui prêche
douceur à cette austérité
fait une surface de pêche
à toutes ces choses comblées.

XXVII

DIE Türme, die Mauern, die Hütten,
der Erdboden selbst, der ernährt
die Rebe in ihrem Glücke,
alles trägt den Charakter der Härte.

Aber das Licht –, in Sanftmut bezwingt es
diese Strenge und bildet weich
eine Haut, nur dem Pfirsich gleich,
und legt sie über erfüllte Dinge.

XXVIII

Pays qui chante en travaillant,
pays heureux qui travaille;
pendant que les eaux continuent leur chant,
la vigne fait maille pour maille.

Pays qui se tait, car le chant des eaux
n'est qu'un excès de silence,
de ce silence entre les mots
qui, en rythmes, avancent.

XXVIII

LAND, das singt bei der Arbeit, Land,
glücklich und ständig schaffend;
während Gewässer fließen mit Klang,
bildet der Weinstock Masche für Masche.

Land, das schweigt, sein Wasserlied
ist nur der Stille Übertreibung,
dieser Stille zwischen den Worten,
die in Rhythmen vorwärtsschreiten.

XXIX

VENT qui prend ce pays comme l'artisan
qui, depuis toujours, connaît sa matière;
en la trouvant, toute chaude, il sait comment faire,
et il s'exalte en travaillant.

Nul n'arrêterait son élan magnifique; nul
ne saurait s'opposer à cette fougueuse audace –,
et c'est encor lui qui, prenant un énorme recul,
tend à son œuvre le clair miroir de l'espace.

XXIX

WIND, wie ein Handwerker nimmt er das Land,
der seinen Stoff seit jeher kennt;
er findet ihn warm, er weiß, was er kann,
und steigert sein Wirken beständig.

Niemand könnte solchen Elan
hindern, niemand die wildeste Kühnheit zügeln –,
da hält der Wind unerwartet an,
sein Werk am klaren Raum zu spiegeln.

XXX

Au lieu de s'évader,
ce pays consent à lui-même;
ainsi il est doux et extrême,
menacé et sauvé.

Il s'adonne avec ferveur
à ce ciel qui l'inspire;
il excite son vent et attire
par lui la plus neuve primeur

de cette inédite
lumière d'outre-mont:
l'horizon qui hésite
lui arrive par bonds.

XXX

Statt zu fliehen, stimmt es
sich selber zu, dies Land,
ist maßlos und ist sanft,
bedroht und doch gerettet.

Mit Leidenschaft dem Himmel
hingegeben, von ihm inspiriert,
erregt es seinen Wind und zieht
durch ihn die erste Nachricht an

von einem neu erscheinenden
Licht jenseits des Gebirges:
der Horizont, der zögernde,
kommt zu ihm in Sprüngen.

XXXI

Chemins qui ne mènent nulle part
entre deux prés,
que l'on dirait avec art
de leur but détournés,

chemins qui souvent n'ont
devant eux rien d'autre en face
que le pur espace
et la saison.

XXXI

WEGE, die nirgendhin
führen zwischen zwei Wiesen,
als wären sie mit Bedacht
von ihrem Ziel abgebracht,

diese Wege, die kaum
anderes vor sich haben
als den reinen Raum
und Jahreszeit.

XXXII

QUELLE déesse, quel dieu
s'est rendu à l'espace,
pour que nous sentions mieux
la clarté de sa face.

Son être dissous
remplit cette pure
vallée du remous
de sa vaste nature.

Il aime, il dort.
Forts du Sésame,
nous entrons dans son corps
et dormons dans son âme.

XXXII

Welche Göttin, welcher Gott hat sich
dem Raum anheimgegeben,
damit wir besser das Helle
spüren in seinem Gesicht.

Sein aufgelöstes Wesen
erfüllt das reine Tal
mit der strömenden Unrast
seiner weiten Natur.

Er liebt, er schläft.
Mit Sesamschlüsseln treten
wir in seinen Körper ein
und ruhn in seiner Seele.

XXXIII

Ce ciel qu'avaient contemplé
ceux qui le loueront
pendant l'éternité:
bergers et vignerons,

serait-il par leurs yeux
devenu permanent,
ce beau ciel et son vent,
son vent bleu?

Et son calme après,
si profond et si fort,
comme un dieu satisfait
qui s'endort.

XXXIII

Sie hatten diesen Himmel
lange angesehn und werden
ihn in Ewigkeit verehren:
Winzer und Hirten;

erreichte er durch ihre Augen
endlose Dauer,
dieser schöne Himmel und sein Wind,
sein blauer Wind?

Und seine Stille danach,
so tief und so stark,
wie ein zufriedener Gott,
der sinkt in den Schlaf.

XXXIV

Mais non seulement le regard
de ceux qui travaillent les champs,
celui des chèvres prend part
à parfaire le lent

aspect de la Noble Contrée.
On la contemple toujours
comme pour y rester ou pour
l'éterniser

dans un si grand souvenir
qu'aucun ange n'osera,
pour augmenter son éclat,
intervenir.

XXXIV

Nicht nur der Blick von jenen,
die auf den Feldern die Arbeit tun,
auch das Schaun der Ziegen
hat seinen Anteil an der Vollendung

der langsamen Ansicht der Noble Contrée.
Man betrachtet sie immer, als ob man hier
bleiben möchte oder um ihr
ewige Dauer zu geben

in einem so großen Erinnern, daß keiner
unter den Engeln es wagen könnte,
seine Helligkeit auszuweiten,
indem er Einhalt geböte.

XXXV

Au ciel, plein d'attention,
ici la terre raconte;
son souvenir la surmonte
dans ces nobles monts.

Parfois elle paraît attendrie
qu'on l'écoute si bien –,
alors elle montre sa vie
et ne dit plus rien.

XXXV

Dem Himmel voller Aufmerksamkeit
erzählt hier die Erde;
ihre Erinnerung übersteigt
selbst diese vornehmen Berge.

Manchmal scheint es sie zu bewegen,
daß alle lauschen ringsumher –,
schließlich zeigt sie ihr Leben
und sagt dann nichts mehr.

XXXVI

BEAU papillon près du sol,
à l'attentive nature
montrant les enluminures
de son livre de vol.

Un autre se ferme au bord
de la fleur qu'on respire –:
ce n'est pas le moment de lire.
Et tant d'autres encor,

de menus bleus, s'éparpillent,
flottants et voletants,
comme de bleues brindilles
d'une lettre d'amour au vent,

d'une lettre déchirée
qu'on était en train de faire
pendant que la destinataire
hésitait à l'entrée.

XXXVI

SCHÖNER Schmetterling, nahe über
dem Boden, zeigt einer wachen Natur
bunte Zeichnungen
in seinem Buch der Flüge.

Ein anderer schließt sich am Rand
der duftenden Blüte –:
das ist kein Augenblick zum Lesen.
Und es sind viele dagewesen,

dünne Blaue, die leicht verschwinden,
segelnd und schwebend,
wie blaue Fetzen
von einem Liebesbrief im Winde,

eines zerrissenen Briefes, den man
gerade beenden wollte,
während sie, die ihn empfangen sollte,
am Eingang zögernd stand.

NACHWORT

Der zweisprachigen Publikation von Rainer Maria Rilkes Zyklen *Les Roses* und *Les Fenêtres* im Frühjahr 2001 ist hier bereits ein weiteres Buch mit französischen Gedichten Rilkes, wieder in der poetischen Übertragung durch Yvonne Goetzfried, gefolgt: *Les Quatrains Valaisans – Die Walliser Gedichte.* Die relativ freie deutsche Fassung des Titels – im Gegensatz zu der Texttreue, die sonst in diesen Übersetzungen herrscht – weist darauf hin, daß wir es mit einer kleinen Lyrikform zu tun haben, wie es sie im Deutschen so nicht gibt. Jedenfalls nicht unter der Bezeichnung ›quatrains‹ (Vierzeiler), die den Franzosen vertraut ist. Rilke, der sich an die Regel der Vierzeiligkeit der Strophe bei spontanem Wechsel zwischen umarmendem und alternierendem Reim hält, schreibt Gedichte mit meist zwei, gelegentlich drei, ganz selten mit vier Strophen. Die Entscheidung für die schlichte Gedichtform, die ausdrücklich dem Valais zugeordnet ist, will als eine Geste der besonderen Zuwendung zu dem Land gelesen sein, das den 1919, nach der Niederschlagung der Münchner Räterepublik, aus Deutschland fortgegangenen Dichter nicht abgewiesen hat. Und sie ist ein Zeichen der Dankbarkeit für die Vollendung seines Hauptwerks, der *Duineser Elegien*, auf die Rilke zehn Jahre, am schmerzlichsten während des Ersten Weltkriegs, hatte warten müssen und die ihm im Februar 1922 in ebendiesem Lande gelungen war. Bei alldem bedeutete die Erhebung des Französischen zur eigenen Dichtersprache eine ganz bewußte Grenzüberschreitung: aus nationalistischer Einschnürung hinaus ins größere Europa. Die Folge der sechsunddreißig *Quatrains Valaisans* ist

Anfang August bis Anfang September 1924 entstanden und im Frühjahr 1926 erschienen, zusammen mit den *Vergers* (Obstgärten). Über die näheren Umstände der Entstehung und Veröffentlichung, den Anteil Baladine Klossowskas daran, und das Verhältnis der *Quatrains* zu den anderen Werkgruppen in französischer und deutscher Sprache sowie zu Rilkes Übersetzungen aus dem Französischen, besonders der *Charmes ou Poèmes* Paul Valérys (1921-1923), mag sich der Interessierte in dem demnächst erscheinenden 5. Band der Kommentierten Werkausgabe des Insel Verlags, bearbeitet von Manfred Engel, informieren.

Der Leser und die *Quatrains Valaisans*

Wer zum Beispiel Rilkes *Stunden-Buch* mit seinem unverwechselbaren Gebetston und dem ›Kreisen‹ um einen künftigen, ›werdenden‹ Gott schätzt; oder wem Gedichte wie *Der Panther* wichtig geworden sind, in die Weltverlust und Isolation als existentielle Not eingeformt wurden; schließlich, wer die *Duineser Elegien* und *Die Sonette an Orpheus* kennt: – der mag überrascht feststellen, daß in den *Quatrains Valaisans* vieles anders aussieht. Selbst wenn man zuletzt die französischen ›Rosen‹- und ›Fenster‹-Gedichte gelesen hat, bedarf es schon wieder einer etwas veränderten Einstellung zu den Texten. Dort hatten begrenzte Gegenstände, zwei prominente Rilkesche ›Dinge‹, zur Bildung von motivlich geschlossenen Zyklen geführt. Jetzt drängt sich eine kleine Gedicht- bzw. Strophenform in den Vordergrund, die der Darstellung einer unmittelbar erlebten Landschaft dient. Der Leser scheint demnach lernen zu müssen, mit den Differenzen zwischen den Werkgruppen und Gedichtzyklen wie auch mit jedem einzelnen Gedicht als individuellem Gebilde angemessen umzugehen. Es gilt, das Nebeneinander sehr unterschiedlicher Dichtungs- und Daseinskonzepte wahrzunehmen und nicht auszugleichen. Aber natürlich gilt ebenso – und das entspricht mehr unserer Lektürekonvention –, daß bei ein und demselben Autor hinter dem Verschiedenartigsten auch Gleichbleibendes oder sich homogen Entfaltendes mitgelesen werden will. Welcher Wert in solcher Doppelstrategie des Lesens liegt, zeigt sich vielleicht, wenn man sich den *Quatrains Valaisans* unbefangen und offen für Unvertraut-Vertrautes nähert.

Die mythisch-dichterische Verwandlung einer Landschaft

Das Valais um Sierre ist Rilkes ›letzte Landschaft‹. Womit gesagt sein soll, daß sämtliche Länder, die Rilke als Dichter gesehen und in denen er – immer nur auf Zeit – gelebt hat, zu ›seinen‹ Landschaften geworden sind, für ihn selbst wie auch für die Leser. Das trifft zu auf Rußland, die Stadtlandschaft Paris sowie auf Ägypten, Spanien mit Toledo und Ronda, die Provence und eben das Valais. Jedoch nicht auf den ganzen Schweizer Kanton Wallis mit dem Rhônetal von der Quelle des Flusses bis zur Mündung in den Genfer See, sondern genauer nur auf jenen Bereich im mittleren Wallis, der im 18. Jahrhundert den stolzen Namen ›La Noble Contrée‹ (*Quatrains XXXIV*) erhielt und vorher, seit dem 13. Jahrhundert, ›Contrée de Sierre‹ hieß. Der Name bezeichnet die ›Gegend‹ beiderseits der Rhône, die im Norden und Süden durch die Berner und Walliser Alpen begrenzt wird. In ihr liegen einige mittelalterliche Schlösser und Herrensitze, die sich bis heute erhalten haben. Dort, nahe Sierre, liegt auch das Château de Muzot, der Wohnturm aus dem 13. Jahrhundert, der im Februar 1922 die Vollendung der *Duineser Elegien* und Entstehung der *Sonette an Orpheus* sah und der Rilkes Refugium bis zu seinem Tode am 29.12.1926 blieb. Und nicht weit entfernt, an der Kirche von Raron, ist nach dem Letzten Willen des Dichters sein Grab. – Auf welche Art, durch welchen sprachlichen Verwandlungsprozeß wird nun in den *Quatrains Valaisans* aus einer empirisch-geographischen Gegend eine ganz Rilke eigene Landschaft, die wir mit seinen Augen sehen müssen?

Aber darf man in diesem Fall unumwunden von der Sehweise des Autors selbst reden? Ist er in den Gedichten als ein faßbares Subjekt anwesend? Ja und nein, und genau das macht den Reiz speziell der *Quatrains* aus. Denn einerseits denken wir bei der Lektüre durchaus an den Spaziergänger Rilke, der sich von Muzot aus aufmerksam und glücklich, ziellos und überall reich beschenkt in jenem Herbst 1924 durch die Weinberge der Noble Contrée bewegt. Das erinnert poetologisch an die Grundsituation der sogenannten Erlebnisdichtung, wie sie sich beispielhaft im ersten Vers von Eduard Mörikes berühmtem Gedicht *Im Frühling* ausspricht: »Hier lieg' ich auf dem Frühlingshügel«. Das lyrische Ich, verstanden als erlebendes Subjekt, gehört so sehr zu einem Gedicht dieser Art, daß es sich wie selbstverständlich als erstes nennt. Nicht so jedoch bei Rilke, der sich spätestens mit den *Neuen Gedichten* von 1907 von der Tradition subjektiver Lyrik gelöst hat. In den *Quatrains* bedient sich das lyrische Ich nie der ersten Person singularis, spricht sich nirgends direkt aus;

vielmehr wahrt es seine Anonymität und ein strenges Incognito. Um so stärker wirkt es indirekt, in den Sprachgesten der zahllosen Anreden, evokativen Nennungen, Ausrufe, Aufforderungen und Fragen. Nur einige Beispiele (zitiert werden in dem Nachwort wegen ihrer Sprachgenauigkeit und Poetizität im allgemeinen nur die Übertragungen; zum Vergleich wären die strengen Prosaübersetzungen in der oben genannten Kommentierten Ausgabe heranzuziehen): »Nymphe, [...]« (*I*), »Land, das singt« (*XXVIII*), »O Seligkeit des Sommers« (*VIII*), »Sieh, [...]« (*IX*), »Siehst du hoch oben [...]?« (*VII*). Das heißt, Rilke feiert sein Wallis in jener der Daseinsrühmung dienenden Sprache der *Sonette an Orpheus*, und diese Sprache, die von seinem Sehen und Denken nicht zu trennen ist, verwandelt das Valais gleichzeitig in einen höheren Seinszustand.

Zu einer so diskreten, subjektiv nicht auftrumpfenden Art der Verwandlung gehört, daß die Landschaft als an sich schon ›vollendete‹ (*II*) gerühmt wird. Denn es waren, zum Beispiel, die Menschen des Wallis selbst, »Winzer und Hirten«, durch deren ›verehrendes‹ Sehen »dieser schöne Himmel und sein Wind« »endlose Dauer« erreichte (*XXXIII*). Deshalb kann das Land gar als »zu stolz« erscheinen, um sich »nach Verwandlung zu sehnen« (*VI*). Und dennoch geschieht sie, und zwar durch die Sprache der Gedichte im Sinne einer bewußten mythisch-poetischen Transformation.

Das Besondere dieses Verwandlungsprozesses wird deutlich, wenn man es dem Verfahren Hölderlins, des großen poetischen Mythenbildners der Goethezeit, gegenüberstellt. »Nah ist/Und schwer zu fassen der

Gott«: Das sind die ersten Verse von Hölderlins später Hymne *Patmos*. Von dem sich in ihnen aussprechenden Darstellungsproblem hebt sich dasjenige in den *Quatrains Valaisans* klar ab. Dort besteht offensichtlich keine Notwendigkeit, im Hölderlinschen Sinne ›den Gott‹ zu ›fassen‹, ja der Name Gottes stünde Rilke in solcher Bestimmtheit nicht zur Verfügung. Es handelt sich vielmehr um Begegnungsarten mit und in einer Sphäre, die in der Sprache zwar als göttlich erscheint und sich zu Götterfiguren konkretisieren kann. Aber ›schwer zu fassen‹ scheint in den *Quatrains* nichts, weil es darum gar nicht geht. Denn alles, was mythopoetisch Bedeutung erlangt, ist immer nah und fern zugleich, und somit in jedem Fall ›abwesend‹, d.h. sowohl unsichtbar wie ungreifbar, mag es auch als noch so nah, und insofern ›anwesend‹, vermutet werden. Auf solche Weise, also abwesend *und* anwesend, ist, was dem Menschen an Höherem begegnet, vor allem fühlbar: »Welch nächtliche Stille, welche Stille,/die uns vom Himmel durchdringt. [...] Man spürt die abwesende Gegenwart,/die der Raum getrunken hat« (*XVI*). Die höchste Stufe mythologischer Konkretion in den *Quatrains* ist mit dem Gedicht *XXXII* erreicht, aber wie Hölderlin-fern auch sie noch: »Welche Göttin, welcher Gott hat sich/dem Raum anheimgegeben,/damit wir besser das Helle/spüren in seinem Gesicht.//Sein aufgelöstes Wesen/erfüllt das reine Tal [...] Mit Sesamschlüsseln treten/wir in seinen Körper ein/und ruhn in seiner Seele.« Während die griechischen Götter individuell geschieden sind nach Name, Geschlecht und Funktion, bleibt hier alles in äußerster Unbestimmtheit und Namenlosigkeit: »Welche Göttin, welcher Gott«. Statt gestalthaft greifbar und persönlich anrufbar zu werden, hat sich ein göttliches Wesen einem Höheren, dem Raume, »anheimgegeben« und ist identisch geworden mit dem Tal. Und wer in das Tal einzutreten vermag, gelangt in das Innere des unbekannten Gottes.

Das Ganze, das sich auf solche Weise in den *Quatrains* ergibt, mag eine poetisch erzeugte sinnlich-geistige Welt heißen, die mit allen Organen wahrgenommen sein will und die zugleich ein inneres, ›unsichtbares‹ Universum darstellt. Ihr sind zum Beispiel ›eingebildet‹, durch die dichterische Phantasie eingeformt, die konkreten Bedingungen des Schöpferischen, wie sie analog in der Landschaft und im menschlichen Bewußtsein erfahren werden. Dazu gehört auch das ›toujours travailler‹, das ständige Tätigsein um eines zu schaffenden ›Werkes‹ willen, das Rilke einst bei Rodin als Voraussetzung für die große künstlerische Leistung erkannte und für sich als verpflichtend übernahm. Hier nun zeigt es sich als hervorstechende Qualität der Landschaft, vornehmlich der Weinberge, wenn es etwa heißt: »Land, das singt bei der Arbeit (qui chante en travaillant)« (*XXVIII*), oder wenn des Sommers »arbeitende Hitze (la chaleur qui travaille)« (*VIII*) gerühmt wird. ›Travailler‹ bedeutet jetzt Kulturarbeit auf allen Gebieten, gleichwertig in der Natur wie in den Künsten.

Insoweit betrifft der sprachlich-poetische Transformationsprozeß in den *Quatrains* das Wesen der Landschaft als eines humanen Lebensraumes, dem sich das lyrische Ich dankbar einordnet. Aber die Verwandlung reicht noch sehr viel weiter und erlangt so innerhalb des Rilkeschen Gesamtwerks und in größeren geistig-geschichtlichen Zusammenhängen zusätzliche Relevanz.

»Und in der Ferne glänzende Räume,/Weiten der Zukunft, die man nicht kennt« (*IV*). Diese eher willkürlich herausgegriffenen und vielleicht zunächst wenig auffälligen Verse versammeln in ihren nur sechs ›Bedeutung‹ tragenden Wörtern und dank ihrer syntaktischen Verknüpfung sehr viel von dem, was Rilkes Sprache auf der Stufe der *Quatrains* leistet. Und sie zeigen, mit welcher Leichtigkeit es geschieht. Die räumlichen Vorstellungen der Ferne und der Nähe, die uns hier noch einmal wichtig werden, sind wie selbstverständlich zu einem weit ausgreifenden Raumbild verknüpft: Nur aus der Nähe, dem Standort des lyrischen Ich, sieht man die Räume ›in der Ferne‹ leuchten. Und auch für die Zeitvorstellung in den Versen gilt: Einzig aus dem Bewußtsein temporaler Gegenwart können sich solche, wenn auch unbekannte, ›Weiten der Zukunft‹ zeigen. Aber was wichtiger ist, die räumlichen und zeitlichen Aspekte werden in der Form genauer Apposition eng zusammengenommen, ohne jedoch zusammenzufallen: Von der Zukunft wissen wir nicht, *wann* sie eintreten wird, doch wir sehen bereits die ihr zugeordneten ›glänzenden Räume‹. Zeit und Raum sind in den Gedichten darin unterschieden und verbunden, daß der Raum meist konkret bleibt, während die Zeit nur unscharf benannt wird (›Abend‹, ›nächtlich‹, ›Jahreszeit‹), daß aber beide einander immer bedingen. Wegen dieser wechselseitigen Bedingtheit kann man von einem verzeitlichten Raum und einer verräumlichten Zeit sprechen.

Eine solche Formulierung scheint auf sehr abstrakte, unpoetische Verhältnisse in den Texten zu deuten, doch die *Quatrains Valaisans* beweisen das Gegenteil: Der Widerspruch zwischen Abstraktheit und Sinnlichkeit ist in ihnen durch Gestaltung meist glücklich aufgehoben. Gleich die beiden Eingangsgedichte *Kleiner Wasserfall* (*I*) und *Land, auf halbem Weg angehalten* (*II*) sind dafür ein gutes Beispiel. Das erste hat nicht das Motiv der Fontäne zum Sujet, das wir längst als ein Rilkesches Emblem zu lesen gewöhnt sind, sondern, ganz sinnlich und konkret, einen in der Landschaft angetroffenen Wasserfall. In ihn sieht die dichterische Imaginationskraft eine Wassernymphe hinein, sozusagen als Entlehnung aus der griechischen Mythologie. Das jedoch nur, um sich sogleich von der antiken Überlieferung entscheidend abzusetzen. Das Motiv der ›Flucht‹ hat die Walliser Nymphe zwar mit ihren frühen Schwestern gemein, aber – in der paradoxen Vorstellung liegt eine besondere Rilkesche Kühnheit – »hinter allem Fliehen (tant de fuite) bleibt/(ihr) Leben reine Gegenwart«, ist sie also ›anwesend‹. Das ständig niederfallende, ›fliehende‹, fortfließende Wasser der kleinen Kaskade hat aus der ursprünglich klassizistischen Nymphe ein modernes poetisch-mythisches Bild gemacht. Dieses wirkt nicht weniger sinnlich-erotisch als die mythologischen Mädchenbilder der Antike, doch fehlt ihm alle apollinische Gestalthaftigkeit und Greifbarkeit. Das ›wild‹ dahinschießende Wasser ›ist‹ die ›reißende Zeit‹ (Hölderlin); im Wasserfall wird sie anschaubar. Und zwar als jene Kraft, die der Nymphe den ständigen, ruhelosen Wechsel ihrer Erscheinung bringt, ja die ihr auch die Identität im herkömmlichen Sinn zu nehmen scheint. Sie aber bejaht ihre ganz der ›fliehenden‹ Zeit ausgesetzte Daseinsform geradezu enthusiastisch, indem ihr Leib »sich für die Welle/steigert (s'exalte)«. Zeit ist hier nicht bloße Anschauungsform, sie ist wirklichste Bedingung menschlicher Existenz. Und das Gedicht stimmt dem mythisch-poetisch zu, indem es die Identitätsgefährdung durch die ›Flucht‹ der Zeit nicht nur akzeptiert, vielmehr bejaht und ihr eine »présence pure« unterlegt – »pure« weil rationalem und haptischem Zugriff entzogen. Wo wäre aber eine solche ungegenständliche Präsenzerfahrung zu machen? Allererst in der Poesie. Somit steht das Gedicht offenbar am Anfang der *Quatrains*, um darauf hinzuweisen, daß es im folgenden um Mythopoesie und ihre Möglichkeiten in der Moderne gehen soll.

Das zweite Gedicht feiert das Valais als Ganzes und findet den Tenor, der die *Quatrains* weithin bestimmt. Seine Sprache macht keine Anleihen bei der griechischen Mythologie. Der Landschaft wird ihre Eigenart und Schönheit gleichsam vorgesagt, und in solchem Sprechen geschieht die Verwandlung ins Mythische: »Land, auf halbem Weg angehalten/zwischen der Erde und den Himmeln, [...] gleich einer Opfergabe emporgehoben/hin zu empfangenden Händen«. Dieses reiche Bild kann man gewiß nicht unpoetisch-abstrakt nennen, obgleich es, achtet man auf die Raum und Zeit betreffenden Aussagen, die Grenzen der Vorstellungskraft überschreitet. Zwar wird das Land scheinbar eindeutig zwischen Erde und Himmel ›verortet‹, indes nicht in einem ruhenden, statischen Raum, sondern sprachlich erfaßt als eine räumliche Entität im Aufstieg zu anderen Räumen, ›den Himmeln‹, – als ein verzeitlichter Raum also, der aber ›auf halbem Weg angehalten‹ ist. Doch dem statischen Angehaltensein widerspricht sofort das nächste große Bild, wonach das Land in einer Opfergebärde emporgereicht und von oben ›empfangen‹ wird – eine Vorstellung übrigens, die an ägyptische Tempelreliefs erinnert, wie sie Rilke in Karnak gesehen hat. Gemeint ist mit keinem der beiden Bilder ein Zwischen-Raum zwischen der Erde und einem transzendenten Bereich oder eine Zwischen-Zeit des Übergangs dorthin, denn die letzten Verse ordnen es ganz dem irdischen Bereich zu: »Land, schön und vollendet,/warm wie das Brot!« Die einander widersprechenden dichterischen Erfassungs- und Transformierungsakte sind wohl in erster Linie Versuche, der Raum- und Zeit-Welt, in der wir heute leben, nahezukommen. Dazu wird wieder Räumliches verzeitlicht und Zeitliches verräumlicht und unser Bewußtsein von der Wirklichkeit ohne Rücksicht auf das normale menschliche Vorstellungsvermögen erweitert.

Die zwei näher betrachteten Portalgedichte sind also bedeutende Beispiele moderner Mythopoesie. Sie zeigen, daß die vermeintlich eine sichere Orientierung ermöglichenden Anschauungsformen des Raumes und der Zeit in ihrem herkömmlichen Gebrauch nicht mehr ausreichen – speziell angesichts veränderter Zeiterfahrungen. Der poetische Mythos der *Quatrains* antwortet darauf mit einer sehr grundsätzlichen Temporalisierung von traditionell räumlich und zeitlos aufgefaßten Sachverhalten. Was macht die Nymphe des Wasserfalls so ungreifbar? Es ist die radikale Verzeitlichung und Dynamisierung ihrer Existenz. Und das im zweiten Gedicht gerühmte Land wird beschrieben mit zeitlichen und räumlichen Kategorien, aber so, daß sich dem Leser die Differenz mitteilt zwischen dessen ›schöner und vollendeter‹ Erscheinung und der Schwierigkeit, deren zeitliches Wesen sprachlich zu erfassen. Denn das Land ist gerade dadurch schön, daß ihm unsichtbare zeitliche Energie als reine Potentialität innewohnt. Die Sprache kann das nur indirekt und andeutungsweise sagen mit Hilfe jener paradox eingesetzten Bilder des ›angehaltenen‹ Steigens (Transzendierens) und Emporgereichtwerdens.

Daß diese moderne Raum- und Zeitwelt – ich möchte nicht von ›Raumzeit‹ sprechen, obgleich die Nähe zu naturwissenschaftlicher Begrifflichkeit auffällt – in den *Quatrains Valaisans* gleichwohl so selbst-verständlich und so ›leicht‹ lesbar erscheint, verdankt sich einigen Motiven, die die Natur sozusagen von sich aus mitgeliefert hat. Da ist der »Wind« des Wallis, der wie das Wasser seine wilde und fast übermütige Herrschaft der Zeit über das Land zeigt (*XVII*), ferner das »Licht«, das alles, was in Zeit und Raum geschieht, zur ›Erscheinung‹ (Epiphanie) steigert: »Beinahe schimmert das Unsichtbare/über geflügelten Hängen« (*IX*). Für den Rilke-Kenner kommt hilfreich hinzu, daß das Problem der Zeit, immer in unlöslicher Verbindung mit dem des Raumes, innerhalb der Entfaltung des Rilkeschen Gesamtwerks nichts gundsätzlich Neues bedeutet. Es sei nur an das *Lied vom Meer* von 1907 erinnert: »uraltes Wehn vom Meer, [...] lauter Raum/reißend von weit herein ...«. Das Zeitproblem war zugleich das drängendste in der ganzen Epoche des frühen 20. Jahrhunderts, und Rilkes Beiträge zu seiner Lösung sind, wie sich immer mehr zeigt, nicht unwichtig. Was die *Quatrains* betrifft, so bemerkt man eine neuerliche Stärkung des Zeitpols, ohne die Schwächung der räumlichen Vorstellungen: Das was im mythopoetischen Bild des Valais als göttlich erscheint, ist, wie seit je bei Rilke, der Raum, doch nun auch, und in besonderem Maße, die Zeitlichkeit, die allem innewohnt und in allem wirkt. Rilke hat einmal geschrieben, das Rhônetal sei »raum-schaffend«, es bringe die Weite und Geräumigkeit der Landschaft aus sich hervor. So wird Zeitlichkeit geradezu gleichbedeutend mit Produktivität. Demgegenüber haben die Vergänglichkeitszeit und der Tod, denen standzuhalten für Rilke als die höchste Aufgabe des Dichters in unserer Zeit galt, merklich an Gewicht verloren. Speziell den *Quatrains* zugehörig aber ist eine überraschende Ausweitung des temporalen Denkens auf die Vergangenheit als erinnerte Geschichte: »Alte Landschaft mit Türmen, die beharren,/solange das Glockenspiel sich erinnert –« (*IV*). Es sind die Türme, wie Muzot, und die Kapellen, die »durch die Jahrhunderte/vergangene Götter mit Göttern der Zukunft« (*XI*) verbinden. Und es ist die in den mittelalterlichen Châteaus noch gegenwärtige »harte Vergangenheit«, die »fordert, für immer/kraftvoll und wachsam zu sein« (*XIV*). Mit einem solchen Satz hat die Geschichte in den *Quatrains Valaisans,* jenseits aller mythopoetischen Figurationen, ihr volles Gewicht erlangt. Zu danken ist dies nicht zuletzt dem konkreten Erscheinungsbild der Landschaft selbst und der Offenheit des Dichters für ihre Wirklichkeit.

Ulrich Fülleborn

Mein Dank gilt dem Literaturwissenschaftler Prof. Dr. Ulrich Fülleborn (Erlangen), der meine Übertragungsarbeit auf einem langen Weg begleitet hat, und dem Romanisten Curdin Ebneter (Kurator der Fondation Rilke in Sierre/Schweiz), mit dem ich schwierige Übersetzungsfragen diskutieren konnte.

Darmstadt, im Januar 2002 *Yvonne Goetzfried*